尋獲「豬面獅身」者！

懸賞金一百億元

哈巴先生

這次「世界
的主辦人，也
面獅身》的擁
巴先生，可
屈指可數的
家。哈巴先
收藏，幾乎
家產。這
償所願，到手了世界

大雕刻《藍縷茄納斯》與《沉思的袋鼠人》，以及現今行蹤成謎的《豬面獅身》。

這一次的雕刻展，便是為了紀念獲得這三大雕刻品而舉辦的。

哈巴先生帶著極為沉痛的心情表示：「我誠心期盼如此美麗的世界珍寶，一件也不缺，好讓大家能前來會場共同觀賞。在此懇求，尋獲《豬面獅身》者，請速送至本人住處，本人已準備好史上前所未有的高額懸賞金——一百億。對本人來說，《豬面獅身》便是如此重要的稀世珍寶。」

看到《豬面獅身》、找到《豬面獅身》，還有打算去尋找《豬面獅身》的各方英雄好漢，請仔細閱讀左側的告示。

致　找到《豬面獅身》的人士

● 在開展前一天的期限內，
如果有人將《豬面獅身》
毫無損傷的，送至托爾所町
哈巴先生的豪宅，
哈巴先生將致贈懸賞金——
一百億元。
由於《豬面獅身》為古老
大理石所雕刻，極易碎裂，
因此接觸、搬運時
請務必特別小心。

辛辛苦苦想出的冷笑話，卻沒地方登，所以就登在這

伊豬豬和魯豬豬開心的蹦蹦跳跳。他們旁邊的佐羅力，手上拿著剛撿到、一星期前的報紙，一邊讀，一邊深深的嘆氣。

這次打工存下來的三千元，我要用來吃義大利麵喔。魯豬豬，你想吃什麼呢？
我從昨天就已經想好要吃漢堡了。
雀躍
興奮

怪傑佐羅力之
美嬌娘與佐羅力城

文·圖 **原裕** 譯 周姚萍

佐羅力一放下手中的過期報紙——
唉——
要是能找到《豬面獅身》，就可以得到賞金一百億元了，偏偏期限只到今天為止。現在開始找，也來不及啦，如果早點知道這個消息就好。
行蹤不明的「豬面獅身」
哈巴先生

沒、沒想到，
他面前的一間商店外，
一群小鳥正在
報紙剛剛出現過的
《豬面獅身》雕刻品
上頭，開心的
玩著水……

店內，老闆正悠哉悠哉的打掃著。

「啊哈——看起來就一副沒有看過報紙的樣子嘛，他一定完全不知道這件雕刻品多有價值。太好了，機會來啦！讓我來想個好理由，將東西弄到手。」

佐羅力露出了賊賊的笑容……

佐羅力走近店老闆，對他說：

「嘿，小鳥們很開心的在那個水盆裡玩水耶。這個水盆很適合我家的小鳥，我非常喜歡，請務必轉賣給我。」

「我沒道理賣掉它。將這種破爛東西賣給顧客，會損害本店名譽的。店裡，有比這個更好的貨品呢。」

「不不不，我活到這麼大，第一次看到那麼開心的小鳥，

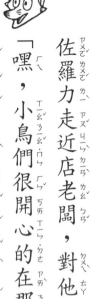

請務必將這個水盆……」

「這位客人，天氣炎熱時，
不管在什麼樣的容器中裝水，
都會有一群小鳥飛過來聚攏的。
您特地來這麼一趟，
請好好到店裡挑選……」

原本以為很輕易就能弄到手，
沒想到店老闆就是不肯賣。
佐羅力也愈來愈著急。

「這款水盆的
優雅弧度，非常
適合我家
的小鳥！」
「不過，也有相同形狀，
而且更高級的產品……」
「夠了！就說我家的小鳥
喜歡嘛！就說非要
豬模豬樣的容器不可嘛！

就說我要買這個嘛！」
佐羅力像個任性的孩子，雙腳在地上啪答啪答用力踩、使勁兒踏。

好一會兒後，他突然停下動作，露出賊賊的笑容。

「啊哈——
對了，我知道了……

這是在幹麼？
我也不清楚耶。

老闆說是破爛的東西，但是免費
被人拿走，還是會覺得有點吃虧吧。
我知道啦，我知道啦。」
佐羅力這麼說著，
然後將伊豬豬手中僅有的
三千元抽出來，
好好的讓店老闆握在手中。
「不，不是
這樣的價錢……」

「好啦，就這樣啦。

錢，你已經確確實實收到了，
好，那麼，這個水盆就
完完全全屬於本大爺了。」

佐羅力粗魯的將正在
玩水的小鳥趕跑後，
抱起《豬面獅身》，
有如逃命似的
飛奔而去。

好過分喔！
佐羅力大師～
咻咻～咻

伊豬豬和魯豬豬急急忙忙追過去，
生氣的說：
「那三千元，是我們一起打工時，
打勾勾約好，說要用來
一起吃大餐的，不是嗎？」
「對啊。為什麼隨隨便便
就拿去買了不能
填飽肚子、
又髒得要命的

水盆呢？」
佐羅力在肚子空空、怒火中燒的伊豬豬和魯豬豬面前，變身成怪傑佐羅力，然後笑容滿面的將報紙遞給他們，說：
「好啦，別氣了，你們看看這個吧。」

他們還是氣呼呼的，但是，
在比對了報紙照片上的東西，
還有佐羅力所買的水盆後，卻驚訝的跳起來。

「咦？這個就是《豬面獅身》啊！」

「只要把這、這個，
送到隔壁托爾所町的豪宅，
哇！哇！就可以得到一百億元耶！」

「沒錯，而這個呢，本大爺
只用三千元就弄到手了。」

這個故事
雖然才剛剛要
開始而已，
就已經準備好迎接
幸福的結局啦。
佐羅力三人心裡這麼想著，
嘴裡不自覺的唱起歌來。

盼望的時刻，
終於來臨了。
如果有一百億，
什麼都辦得到。
如果有一百億，
什麼都買得到。
就算蓋一座
雄偉的城堡，
還會剩很多錢！
還會剩很多錢！
迎娶美嬌娘時，
超豪華的婚禮
是少不了的啦！
緊緊把握住吧，
緊緊把握住吧，
這快樂的結局。
嘿吼！嘿吼！嘿嘿吼！
奶油培根義大利麵、
拿坡里義大利麵、香蒜辣椒義大利麵、
義大利肉醬麵，今晚我想吃義大利麵。
如果問我想吃哪一種，
就是全部都混在一起的
夢幻義大利麵。
各種義大利麵通通加在一起唷！
嘿吼！嘿吼！嘿嘿吼！

哇——就要結束了。
那麼，我老了以後，要做什麼好呢？
（滾落）～
我想吃、想吃、漢堡肉！
超大、超大的、漢堡肉！
無敵、無敵的
大鐵板上煎得滋滋作響，
像橫在面前的坐墊般，巨大的漢堡肉。
全身以耐熱防油服緊緊包覆，
用叉子與刀子，攻擊、刺穿，
滿滿的肉汁噴濺而出，
融化的起司緩緩流下，
狼吞虎嚥、一點不剩。
嘿吼！嘿吼！嘿吼！嘿嘿吼！

伊豬豬和魯豬豬
光是想像菜單，就開心得
不得了，不知不覺……

忘了自己正捧著「豬面獅身」，而將雙手用力往上一揮。

轉眼間，「豬面獅身」

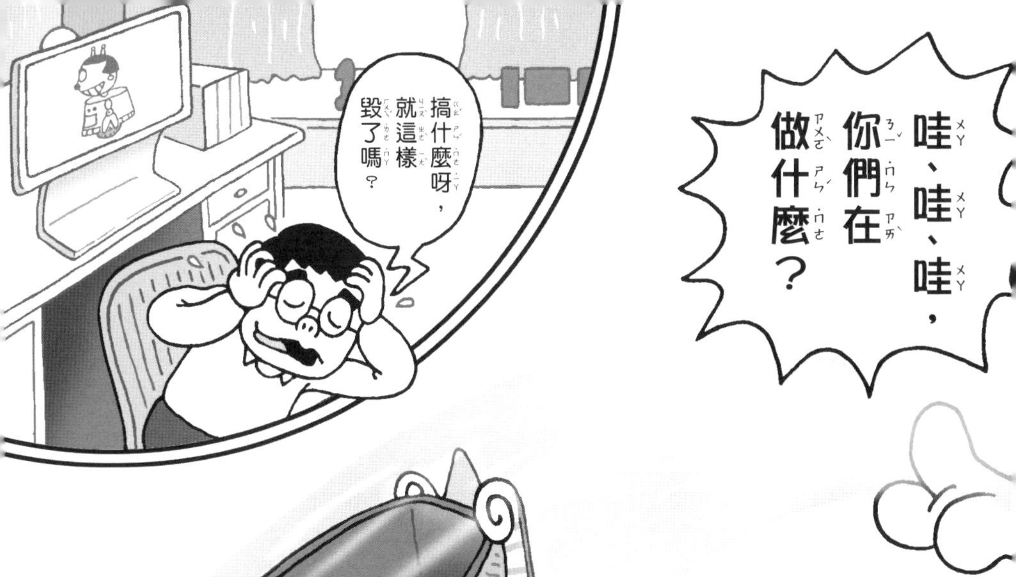
搞什麼呀，就這樣毀了嗎？
哇、哇、哇，你們在做什麼？

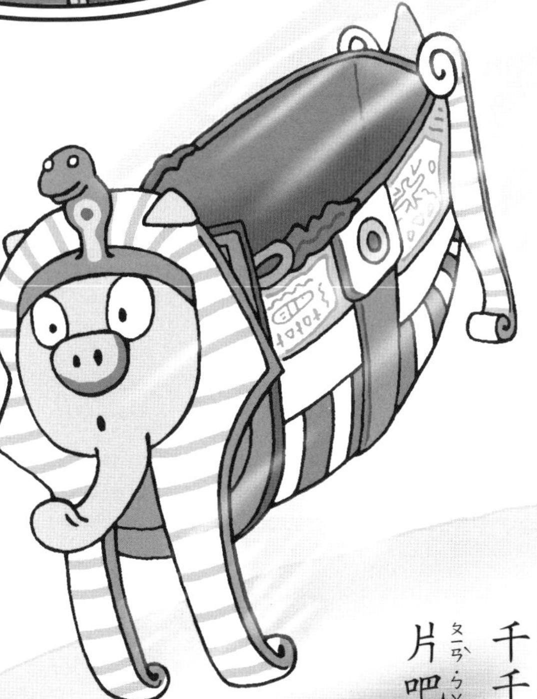

飛上了半空中。如果就這樣摔落地面，應該會碎成千千萬萬片吧？

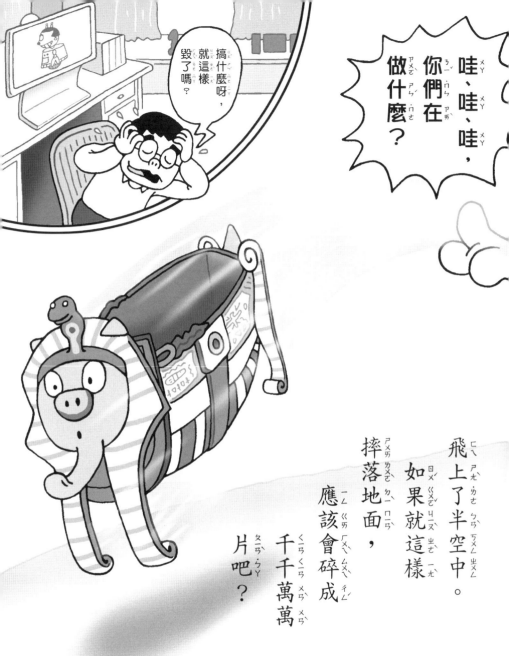

佐羅力像發射出去的
子彈似的飛衝過去，
用自己的整個身體
接住《豬面獅身》。
當人們無論如何都
要守護住某樣東西，
往往會爆發出想像
不到的強大力量。

喔——真有你的，佐羅力。
做得真好。
用披風整個包裹住後，輕輕的以尾巴穩住它。
用耳朵和帽子當成緩衝物，好讓它不向前衝去。

笨蛋——
小心點！
本大爺的美夢
差點就這樣碎了。
現在
這個東西事關
本大爺人生的
全部耶。

佐羅力
邊說邊用披風將《豬面獅身》
好好的包起來，
小心翼翼的抱在胸前。

「有你們兩個在，真的太、太、太危險了。本大爺決定自己把這件《豬面獅身》送到托爾所町。知道了嗎？」

對於佐羅力說出要與自己分道揚鑣的話，伊豬豬和魯豬豬早有心理準備。

不過這個時候，佐羅力又開口了：

「伊豬豬、魯豬豬，你們兩個比本大爺早一步到托爾所町，我有事要你們辦。那件事就是——」

我希望

你們兩個，先去

幫我找到最合適的城堡，

還有能與本大爺

匹配的美麗新娘候選人。

因為我擔心，本大爺順利將《豬面獅身》

送達，得到一百億元的懸賞金後，

沒辦法馬上實現我的夢想。」

佐羅力會這麼焦躁、這麼不安，

都是因為剛剛差點讓他夢碎的
伊豬豬和魯豬豬。
這正是他們挽回名譽的機會。
一定得讓佐羅力大師
樂得心花朵朵開不可。

「遵命——
包在我們身上。」

伊豬豬和魯豬豬一一回話後，
便拔腿狂奔而去。

「伊豬豬，認真想想，從過去到現在，都是因為我們兩個，才讓佐羅力大師的美夢離他愈來愈遠啊。」

「對啊，魯豬豬。所以，這一次，我們一定要繃緊神經，使盡全力好好表現，讓佐羅力大師覺得有我們和他一起旅行，是一件很棒的事。」

「對，我們要找出美得不知道怎麼選的新娘候選人，還有——」

「和佐羅力大師最速配、而且豪華又舒適的佐羅力城。等著看吧！」

「就這麼辦！」

兩個人信誓旦旦的說完後，全速奔向托爾所町。

他們到達目的地後，由於時間緊迫，便兵分兩路。

魯豬豬，我到房屋仲介公司，去找找看有沒有適合佐羅力城的物件。如果有專賣城堡的房屋仲介公司，那就太好了。完成任務後，我們在佐羅力大師即將前往的哈巴先生豪宅那兒碰頭。

伊豬豬說著，往商店街跑過去。

那我就去找一大堆既美麗又溫柔如公主般的新娘候選人。

魯豬豬往幽靜的住宅區趕了過去。

他想，那裡一定會住著許多氣質高雅、相貌出眾的女孩。

魯豬豬一看到可愛的女孩，就一一出聲叫住她們。

那個——請問你要結婚嗎？
天哪——這個傢伙，怎麼突然問這種冒失問題。
嗯，那個，不是我啦，是一位男士，他即將成為擁有城堡的王子……

請問你想結婚嗎？
不，不要和我接吻。
不是接吻，是結婚、結婚。

嘿，有一位男士即將成為很有錢的大富翁。請問你想結婚嗎？這是難得的機會喔。
我沒有興趣。
哇啊—
哇啊—
我正在找新娘，你也來參一腳，好嗎？
拜託，你們只要來參加就好。
這個人怎麼了？
真的是一個怪人。
你想得到幸福嗎？
這種騙人的事，我不信。
拜託你務必成為新娘候選人。
好恐怖喔。

本姑娘早就結婚了。
那也沒關係呀，總之只要來參加就好了。
請問你想當新娘嗎？
我要當我爸爸的新娘，所以不行。
嘿，請問你們想不想結婚呢？
哎呀，我們現在有一些重要的事情要去辦，沒辦法喔。
希多姿梅葛洛普
芙塔姿梅葛洛普
武子狄拉克斯
梅子狄拉克斯
你好啊，小姐你真可愛——
要不要來當新娘子看看哪？
才不要～好低級～恐怖死了——

這種邀約方式，讓大家覺得很恐怖，全嚇得四散奔逃。魯豬豬也對當街叫人的方式失去自信，不知道怎麼辦才好，於是一屁股跌坐在地上。就在這樣的時刻，他的腦中靈光一閃。

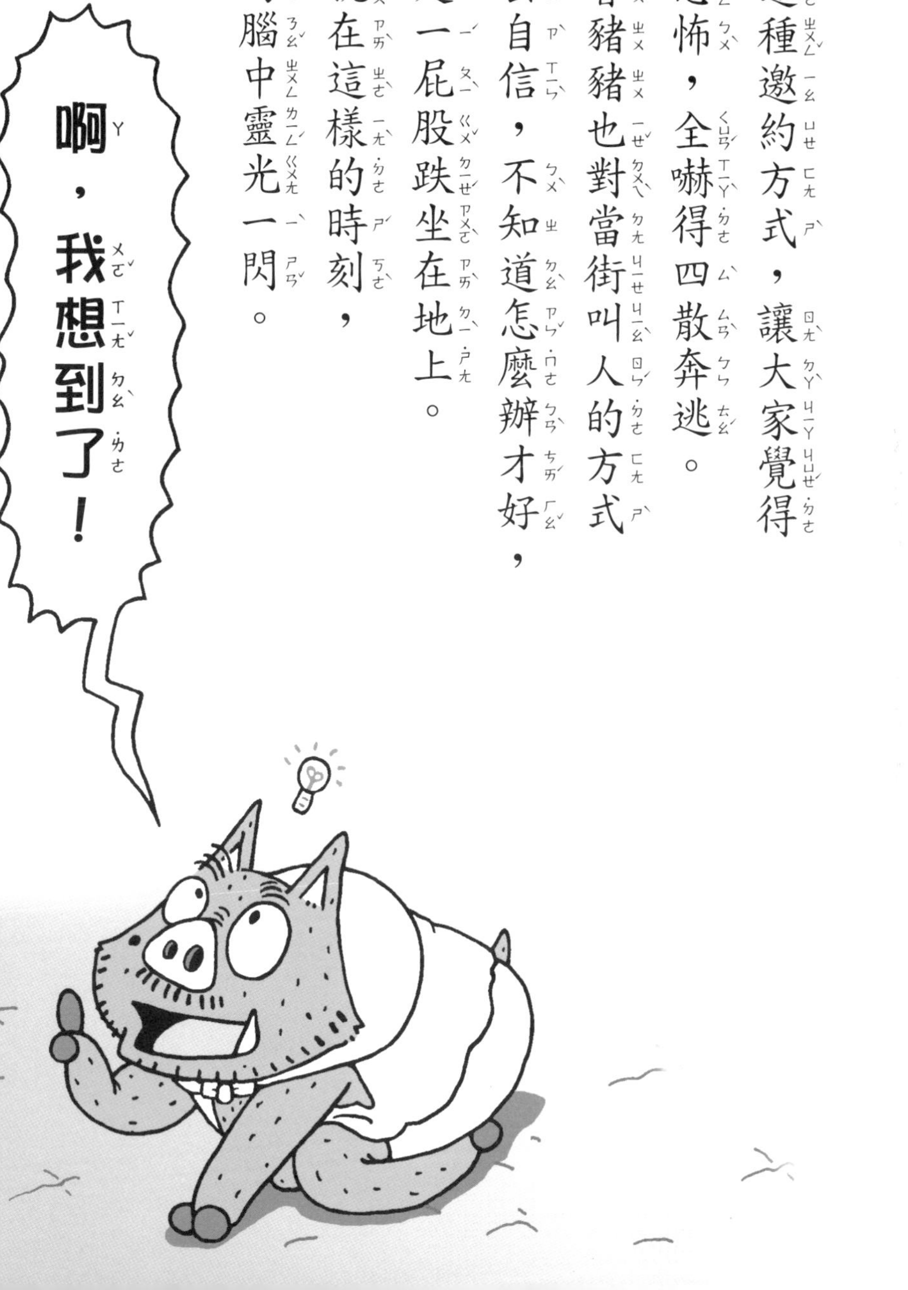

他想，如果可以活用自己畫畫的
專長來製作海報，用來召募新娘的話，
效果應該會不錯。
魯豬豬絞盡了腦汁，

好，
加油啦！

比起畫出
佐羅力大師整個人
長什麼樣子，
不如只畫剪影，
這樣比較有神祕感，
效果可能更好。

比起寫
新娘招募，
不如寫海選，
看起來好像更容易
吸引人參加。

能讓少女
心動的句子，
也是一定
要的啦。

製作好的海報……
對了！如果請大家穿著新娘禮服來參加，選出來以後，就可以立刻舉辦婚禮啦。
結婚後的特別待遇，也要列出來才行。
要是我們也能順便找到結婚對象，那就太好啦。

就是這樣。
怎麼樣？閱讀本書的各位淑女，看到這張海報，是不是也蠢蠢欲動，有點躍躍欲試，想來參加呢？
謎樣的英俊型男王子之美麗佳人新娘海選大會
你也能成為王子妃的絕無僅有大好機會！想試試在夢幻城堡中，過著怡然自得的生活嗎？
參加者的條件
○美麗的單身女性（年滿18歲以上）
○有自信能成爲一位美麗、溫柔王子妃的氣質女孩。（請依據自己的判斷報名即可）
英俊型男王子
明亮雙眼炯炯有神
高挺的鼻子
親切迷人的笑容
選美活動的集合地點
請各位參加者於今日，穿著美麗的新娘禮服在哈巴先生的豪宅前集合，一起見證型男王子成為大富翁的那一刻。
特別待遇
如果彼此合得來，就可以直接在教堂裡舉辦婚禮。
擁有一百億元財產。（儘管只是預測，但可能性很高）
可居住在城堡。（儘管只是預測，但可能性很高）
浪漫的蜜月之旅不管想到哪裡都將如你所願。
王子有百分百的信心，守護你一生的幸福直到永遠。
另外 落選者可參加第二次海選，得到與型男侍從交往的機會。
型男侍從是一對雙胞胎喲！
哥哥
弟弟
臉上沒有黑痣，沒什麼魅力，馬馬虎虎也算是個型男啦。
酷子超酷，黑痣超迷人，特別推薦喲。

魯豬豬製作了同樣的海報共二十張，張貼在托爾所町各個醒目的地方。

比起出聲叫住一位位小姐，導致她們驚嚇不已，貼上如此具吸引力的海報，絕對可以帶來數十倍的正面效果。

魯豬豬還打算「搭個便車」，順便替自己與伊豬豬找到好對象，所以，對於到底會有多少人來參加，心裡既興奮又期待。

我們總是盡心盡力幫助佐羅力大師尋找結婚對象，轉眼間，我和伊豬豬也到適婚年齡了。希望藉著這個機會找到好對象，一起熱熱鬧鬧的舉辦婚禮。

如果能舉辦三合一婚禮，也能一起迎向乘上三倍的幸福結局！

而佐羅力這邊，也一樣幻想個沒完沒了，絲毫不比魯豬豬來得遜色呢。

伊豬豬的紅豆麵包加義大利麵結婚蛋糕
魯豬豬的三角御飯糰加漢堡肉結婚蛋糕

要是能夠完成婚姻大事，一定得為一直擔心著本大爺的各位讀者，製作像這樣的最後一集。
一百億元馬上就要到手啦。我絕對會大大方方的免費致贈大家——
這麼一來，可得讓原裕先生收集材料，趕快動筆不可。
也得再附上超豪華贈品才行。
怪傑佐羅力之結婚典禮
文·圖 原裕
從墜入愛河到求婚過程，佐羅力的結婚之路全部看透透！
初版限量
附贈 又笨重又巨大、超低級惡作劇贈品。
本大爺將要迎向幸福生活了
本期特刊
絕對錯不了的婚禮場地精選
怪傑佐羅力之結婚典禮
本大爺將要迎向幸福生活了

「咿嘻嘻嘻嘻，
籌辦結婚典禮
要花很多精神，超辛苦的。雖然如此，
但是這會兒，在托爾所町，
有什麼樣的新娘候選人正等著本大爺呢？」
接著，佐羅力的腦海浮現出
這樣的情景。

這些都最好先和親子天下商量好，有個定案。

他被美麗的新娘候選人團團包圍不停的受到讚美。
好酷喔～哇嗚！
真是一位又帥又勇敢的王子，不管發生什麼事，都能保護我，做我的靠山。
這位王子不但是大富翁，還住在一座城堡裡，根本無可挑剔嘛。
看我這邊～
溫柔體貼又力大無窮，而且個性又好，完全找不到缺點嘛。
好難相信這世界上竟然有這麼完美的人。
哇嗚！
哇！
哇！
哇嗚！

討厭啦，人家真的有那麼好嗎～
咿嘻嘻嘻嘻嘻
呵呵
正當佐羅力感到幸福破表時，卻被地上的一塊石頭絆到。
哇啊！
呵呵
呵呵
喀喀喀

佐羅力連忙回過神來，將平常不會用到的肌肉全部動員起來，再一次安全保護住《豬面獅身》。

「呼——」

本大爺對伊豬豬和魯豬豬說教說成那樣，自己卻發生這樣的事，真是遜斃了。千萬不要再想那些有的沒有的啦，要好好集中精神，將《豬面獅身》安全送到哈巴先生手中。」

佐羅力一邊摸著四處都感到疼痛的身體，一邊暗暗發誓。

而這個時候，負責去尋找城堡的伊豬豬，情況如何呢……

托爾所房屋
文化住宅
胖滋高臺
四面大窗
日照強到讓人頭昏眼花
4800萬元
吸睛物件
叩嚨叩嚨
電車2小時
8200萬元
老屋之丘
步行50分鐘
一敗塗地塔
248層樓
坐北朝南
2億6千萬元
落地莊
座落懸崖邊
6200萬元
特別推薦
城堡啊嗚
徒步2小時
廁所共用
無浴室
13000萬元
肉包公寓
緊鄰紅豆包公寓
29萬元
托爾所房屋
佐羅力大師不曉得什麼時候說過，他希望城堡有二十個房間加客廳、餐廳、廚房，還要浴室、廁所各六間。
那樣的房子幾乎找不到啊。

伊豬豬到鎮上的房屋仲介公司東看看西瞧瞧，卻尋覓不到心中夢幻城堡般的物件。

卯起來找半天的伊豬豬，沮喪得連肩膀都垮了，正打算放棄時……

他看見前方有一棟大豪宅。

那裡正是提供一百億元懸賞金給《豬面獅身》尋獲者——

哈巴先生的家。

為了慎重起見，伊豬豬打算進屋子

這間房子好棒喔。
在上面加蓋的話，
就能變成雄偉的城堡啦。
這樣一來，佐羅力大師
一定會喜歡的。

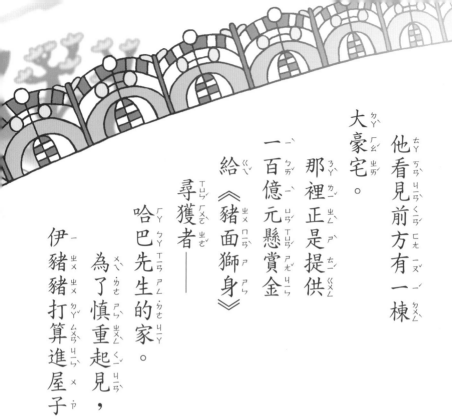

仔細探察一番，
偏偏門口站著
兩位看起來
既強壯又凶惡
的警衛，
要溜進去
可沒那麼簡單。
就在這個
時候……

一大群貨運人員和一輛大卡車到達了豪宅門口，大門開了。

貨運人員的工頭對大家下達指令。

各位，今天我們要從這棟豪宅，運出約兩百件的重要雕刻品，送往美術館進行擺設。
因為都是很貴重的藝術品，為了不造成一絲絲損傷，請穿上特製的柔軟制服來進行運送工作。

伊豬豬十分機伶的混入其中，換上制服。然後，他抱起紙板和封箱膠帶，跟在運送人員隊伍的尾端，魚貫的走入豪宅。

伊豬豬假裝在工作的模樣，實際上是打算將豪宅的每個地方，仔仔細細看個清楚。他滿腦子都想著：為了佐羅力大師，非得好好探查一番。

不過，伊豬豬的腳步很快就停下來。

走廊那兒，肉包和飯糰堆得跟小山一樣高，那應該是貨運人員的午餐吧。

伊豬豬的肚子正餓得咕嚕咕嚕叫，因此忍不住伸出手，這時，不遠處卻響起貨運人員朝這兒走來的腳步聲。

伊豬豬連忙拉開制服前胸處的拉鍊，將肉包和飯糰塞進去，並逃往旁邊的房間。

那裡——

是一間二十塊塌塌米大，
豪華的和式客廳。
除了柔軟舒適的沙發，
連酒吧吧檯都不缺。

壁龕的美麗檯子上，放置著三大雕刻品
中的《藍縷茄納斯》和
《沉思的袋鼠人》。
想當然爾，《豬面獅身》
正在佐羅力大師送往這裡的途中。
此外，地板上還擺放著成排的
雕刻品，大約有兩百件。

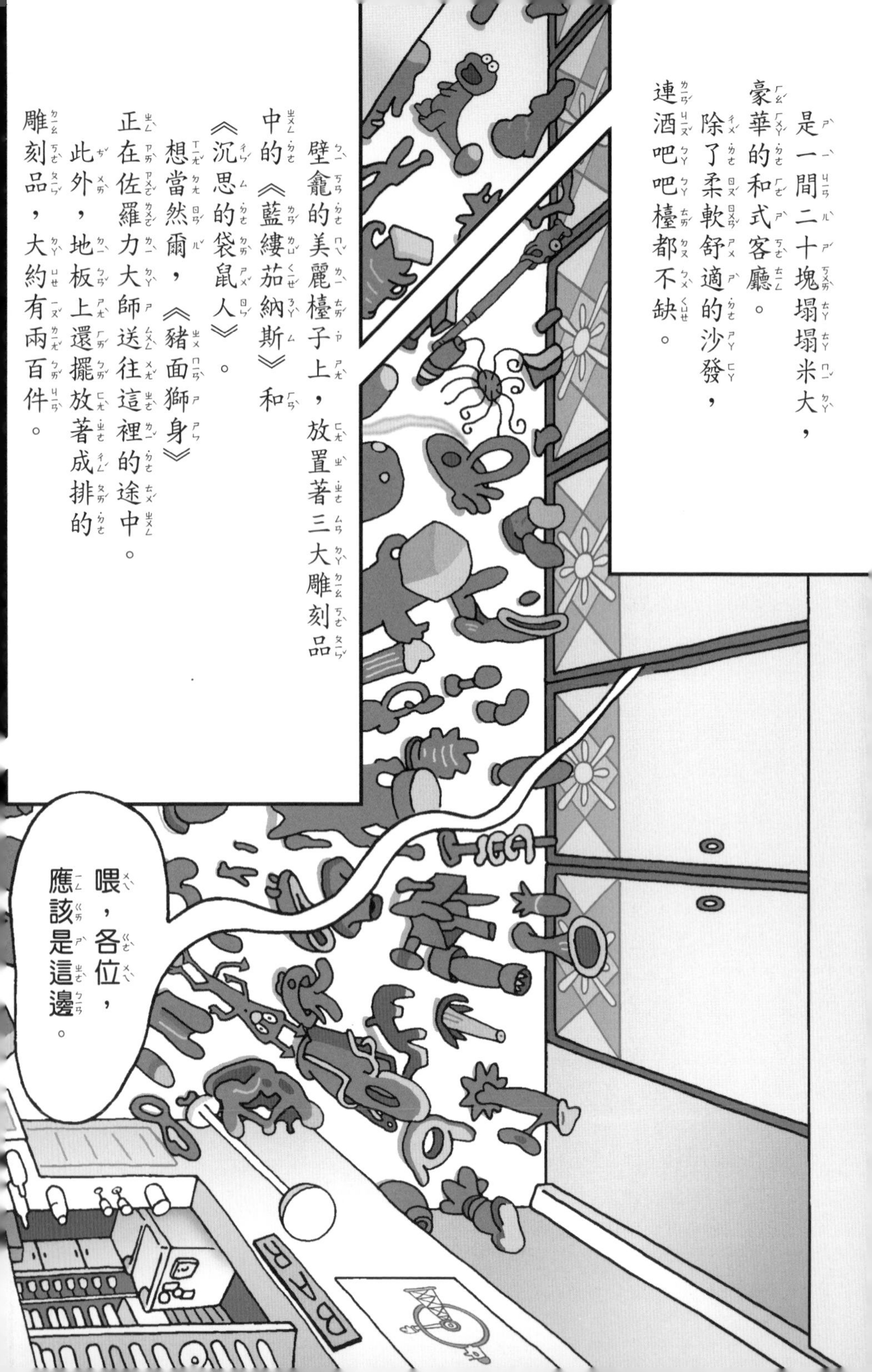

工頭的聲音響起。沒錯，接下來就要開始將這裡的雕刻品搬運出去。

急急忙忙要跑進隔壁房間的伊豬豬，拉開拉門時用力過猛——

整扇門倒了，
啪咚！
拉門上的障子紙也
劈哩啪啦破了。

這麼一來，從隔壁房間
就能將這裡一覽無遺。
情急之下，伊豬豬
拿起堆放在旁邊的
白色紙張，

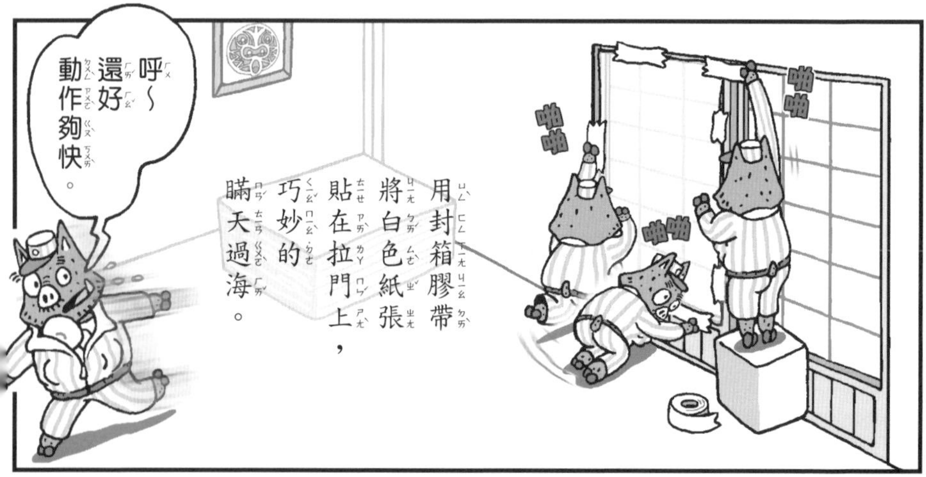
啪啪
啪啪
啪啪啪
用封箱膠帶
將白色紙張
貼在拉門上，
巧妙的
瞞天過海。
呼～
還好
動作夠快。

伊豬豬渾身是汗，當他發現冰箱，立刻把冰箱門開得大大的，一邊享受裡頭送出的涼氣，一邊吃起剛剛拿到手的肉包和飯糰。

吃飽後，

他終於開始……

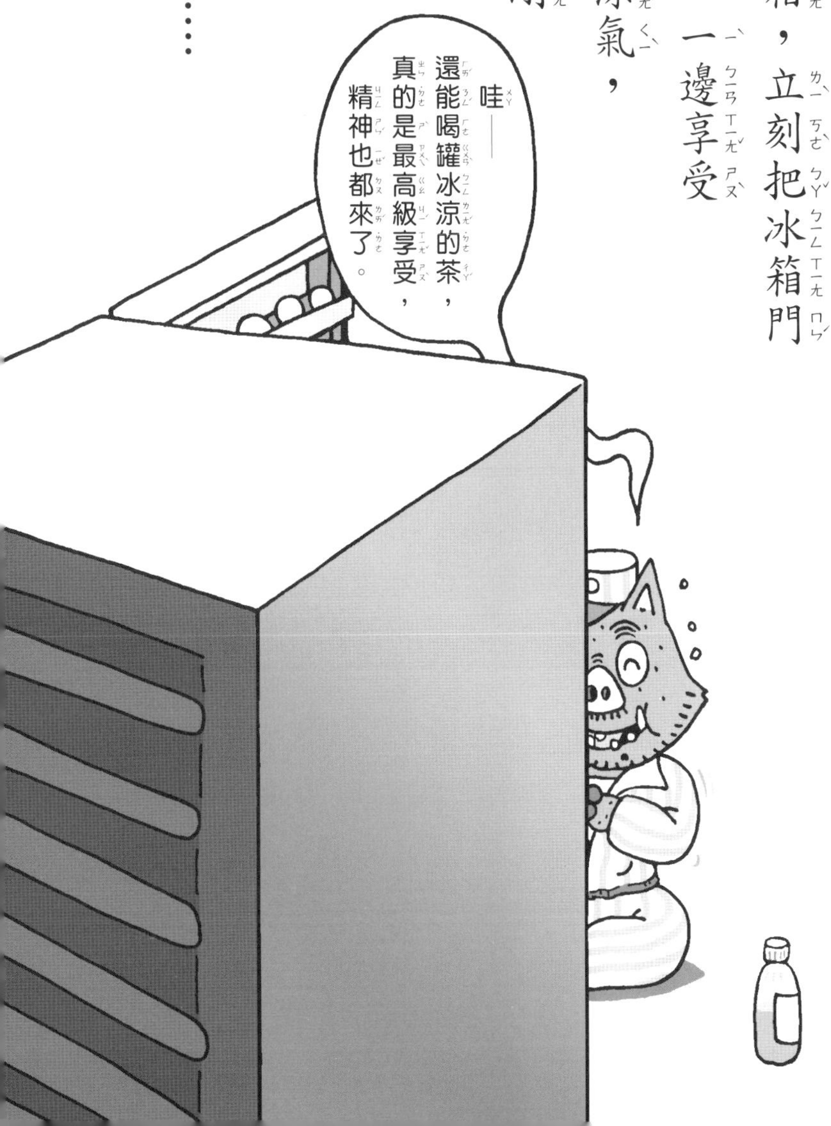
哇——
還能喝罐冰涼的茶，
真的是最高級享受，
精神也都來了。

超級豪宅大調查。
只要有了這麼大的餐廳，要辦派對也沒問題啦。
這個廚房，可以請來技術高超的日式、西式、中式三位廚師進駐。
哇啊，哇啊，這裡是雜物間耶，好大，看起來好像可以住人。
呀喝——好想在這麼鬆軟的床上睡個香甜的覺。
ㄉㄨㄞ
ㄉㄨㄞ
ㄉㄨㄞ
這間書房裡，滿滿都是漫畫耶。
還有各式各樣的遊戲機，好想和大家一起玩個痛快。
喔，這條長長走廊的那一邊有什麼呢？

哇——好大的院子，一定花了很多精神整理吧。
這麼大，都可以打高爾夫球和踢足球啦。
moumou musume
這已經是第三間的全自動廁所。
哇——房子裡竟然有噴水池和池塘呢。
是車庫，再停個十輛車進去都沒問題。
好大的浴室。
來測試看也是全自動的嗎？
啪答！
伊豬豬一開啟浴缸的水龍頭。
哆哆哆哆哆哆

轉眼間，浴缸裡的水已經注滿。伊豬豬將潛入豪宅調查的目的完全忘光光，悠悠哉哉的泡在浴缸中，嘴裡哼著歌兒，整個人超放鬆。

擴音器
50英寸
防水
數位電視
蓮蓬頭
風塵僕僕旅行到
駿河國，
茶的香氣四處飄散
愛呀！我真心期盼它降臨，
愛呀！偏偏我對它不拿手。
啊！痛啊！
啊！痛啊！
我的腰，好痛——
星象儀
關上燈，
開啟星象儀，
整間浴室
會變成
浩瀚宇宙。
沐浴用的
塑膠枕
按摩浴缸
噴頭按鈕
可以用來
洗泡泡浴
電視遙控器

我老早就想穿這個過過癮。

旅途中的塵土都洗得乾乾淨淨，伊豬豬用蓮蓬頭沖洗全身後，起身離開浴缸，發現盥洗室裡還掛著浴袍。

伊豬豬這麼說著，轉身跑回剛剛最先走進的豪華客廳。

那裡的雕刻品已經全被貨運人員搬走了，只有壁龕那兒的檯子上，留下一個盒子，整個客廳變得清爽寬敞。

伊豬豬走向酒吧吧檯。他拿了一瓶酒，打開瓶塞，將酒倒入酒杯。

接著，整個人往後仰靠在沙發上，一口一口品嘗著杯中美酒，緩緩說著：

過了一陣子，
伊豬豬因為喝醉，
開始昏昏欲睡。
就在這個時候，
豪宅外頭——

就是這樣，就是這樣，如果變成有錢人，一定要這樣享受才行。原本以為到死之前，能有個一次經驗就很棒了，沒想到之後每天都能過這樣的生活。
嗚嘻嘻

佐羅力已經抵達了。

哈巴先生的豪宅四周，

滿滿都是穿著結婚禮服的女子。

「喔喔，人還真不少哇。」

佐羅力的臉上浮現出笑意，

魯豬豬卻鐵青著一張臉跑過來。

「佐羅力大師！麻煩大了啦！」

「啊——本大爺也

正想著，

要從那麼多人
當中做出選擇，
還真不是普通的麻煩呢。
「我說的不是這個！請跟我來一下！」
魯豬豬抓住佐羅力的手臂，
穿越一大群新娘候選人，
從哈巴先生豪宅的大門走了進去。
在那裡，

站著四個男人，
全都抱著和佐羅力
手上相同的《豬面獅身》。
不一會兒，五個人

開始對著其他人手上的《豬面獅身》挑起毛病。

然而，這裡的五個人，誰也不知道哪一件才是真正的《豬面獅身》。

「喂，那就請擁有者哈巴先生出來鑑定，好讓事情快快有個結果。」

佐羅力這麼提議著。

你的那個，花紋顏色會不會太淡了？
你的一點都不可愛。

「這實在太有趣了，
請務必接受我們的採訪。」

一大群電視臺和報社的記者，不曉得在什麼時候，發現了吵吵鬧鬧的五個人，因此全聚攏過來。

此外，在四周圍觀的新娘候選人，一想到這五個人當中即將出現一位大富翁，而且還可能

成為自己的新郎，心情分外緊張，全場的氣氛也變得異常火熱。

「麻煩你轉告哈巴先生，因為現在這個狀況，希望他出來判定，這五個人當中，究竟誰是一百億元懸賞金的得主。」

佐羅力拜託豪宅的警衛。

警衛急急忙忙的飛奔進屋。

「哈巴先生，有五件《豬面獅身》被找到了，大家希望您出去鑑定哪件才是真品，媒體也大陣仗出動了，外面鬧哄哄的……」

「什麼？怎麼會搞成這樣？唔？等等……我正想辦個盛大的記者會，

這麼一來，剛好不用費工夫邀請媒體啦。

我馬上準備，十五分鐘後，請將大家帶到這邊。」

「是，我知道了。」

警衛離開後，哈巴先生對祕書大耳狐說：

「嗯，還真不曉得他們從哪裡找出那五件雕刻品，真的《豬面獅身》……

一直藏在豪宅內的這個盒子裡頭。無論如何，鬧成這樣，反而是我趁勢出擊的好機會。」

大耳狐聽了，也說：

「出現了贗品，鐵定更能掀起話題。」

正當他們面對面，準備乾一杯時，

什麼！

《豬面獅身》的真品在那邊的盒子裡嗎？那麼，現在佐羅力大師手上的那個，**不·就·是·假·的！**

伊豬豬從沙發上跳起來，大聲叫道。

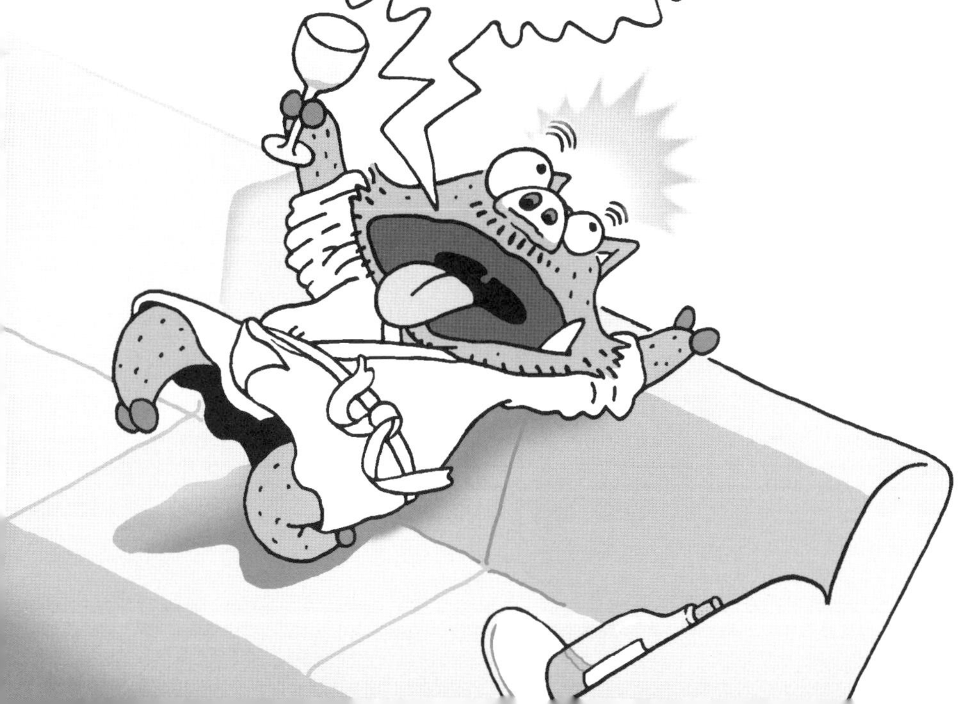

「是什麼人！」

伊豬豬被他們兩個抓住，

用繩子團團捆起來。

「你偷聽到祕密，

我們是不會讓你出去的。

在展覽會順利結束之前，

快說，你的目的

是什麼？」

伊豬豬受到哈巴先生質問，

正要開口說話時，不遠處傳來了警衛帶著大家走過來的腳步聲。

「喔，我們的祕密要是被戳破，整個計畫就全泡湯了。」

哈巴先生和大耳狐用封箱膠帶將伊豬豬的嘴巴貼住，將他丟進旁邊的房間。

當拉門碰一聲

被拉上——

本大爺的這個是真的吧！
不，不，是我的這個……
我這個最讚，毫無疑問它就是真品了。

由佐羅力帶頭，抱著《豬面獅身》的五個人，以及電視新聞記者、報社記者們，聲勢浩大的走進來。

不，一百億元應該是我的。
真正的真品就在我這裡呀。

每個人都自信滿滿的將手上的《豬面獅身》，遞到哈巴先生的面前。

然而，哈巴先生卻連看一眼都沒有——

就冷冷下了斷言：

「很遺憾，這五件都是贗品。」

「你這個傢伙真沒禮貌耶。認真的看過以後再回答，行嗎？」

當佐羅力這麼一抱怨，哈巴先生便回答：

「真品剛剛已經找到了。」

房間裡起了一陣騷動，電視新聞記者將麥克風湊近哈巴先生，詢問：

「究竟是誰，在哪裡找到的？」

這是電視機前的觀眾，以及做著百億富翁夢的五個男子，都想知道的事。

不過，哈巴先生並沒有想好答案。哈巴先生被記者步步逼進，退到拉門那兒，再也無路可退了。

這時，他腦中靈光一閃。哈巴先生拉開拉門——

將伊豬豬帶了出來，說：

「這個傢伙，就是剛剛把《豬面獅身》帶來歸還的小偷。」

「什麼！」

佐羅力看到伊豬豬後，出聲大叫。

佐羅力反駁了

他可能是因為一時衝動，偷了《豬面獅身》，後來害怕事情一發不可收拾，所以拿來歸還吧。

哈巴先生所說的話。

就算是他偷的，但如果假裝找到《豬面獅身》並送來這裡，可以獲得一百億元懸賞金耶。他難道會蠢到以小偷的身分冒險帶東西來歸還？

我不知道小偷心裡怎麼想，但是，我可以提供這個男的潛入我豪宅的證據，給大家看。

哈巴先生說著，按下牆壁上的開關……

牆上出現了六個螢幕。

因為這棟豪宅放置著珍貴的雕刻品，所以每個房間都個別設置一臺監視器，二十四小時記錄房裡的動靜。現在就請大家看看。
嗶嗶
嗚咕
嗚咕

伊豬豬的可疑舉止，一幕又一幕的

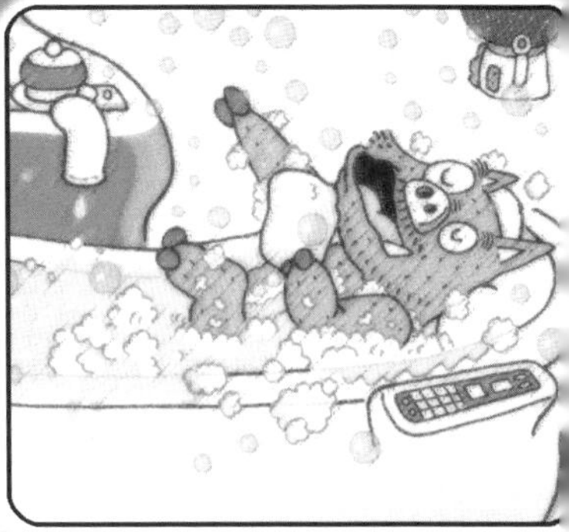

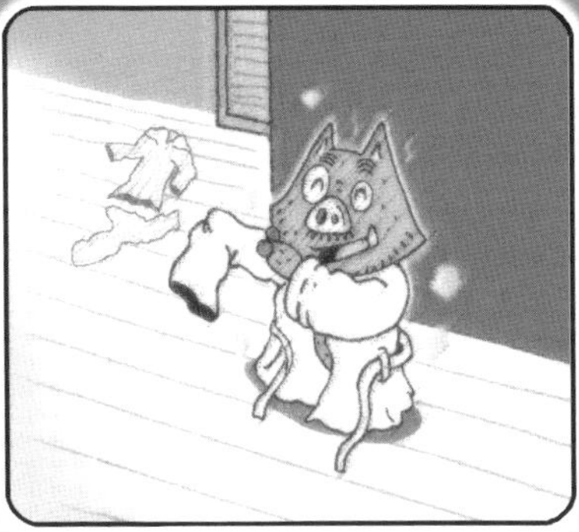

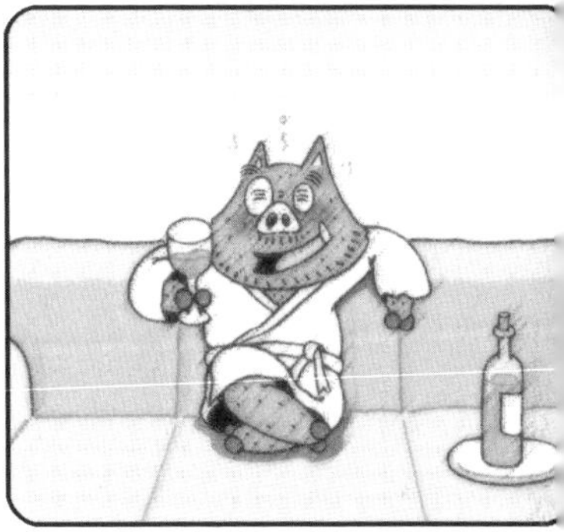

出現在大家眼前。

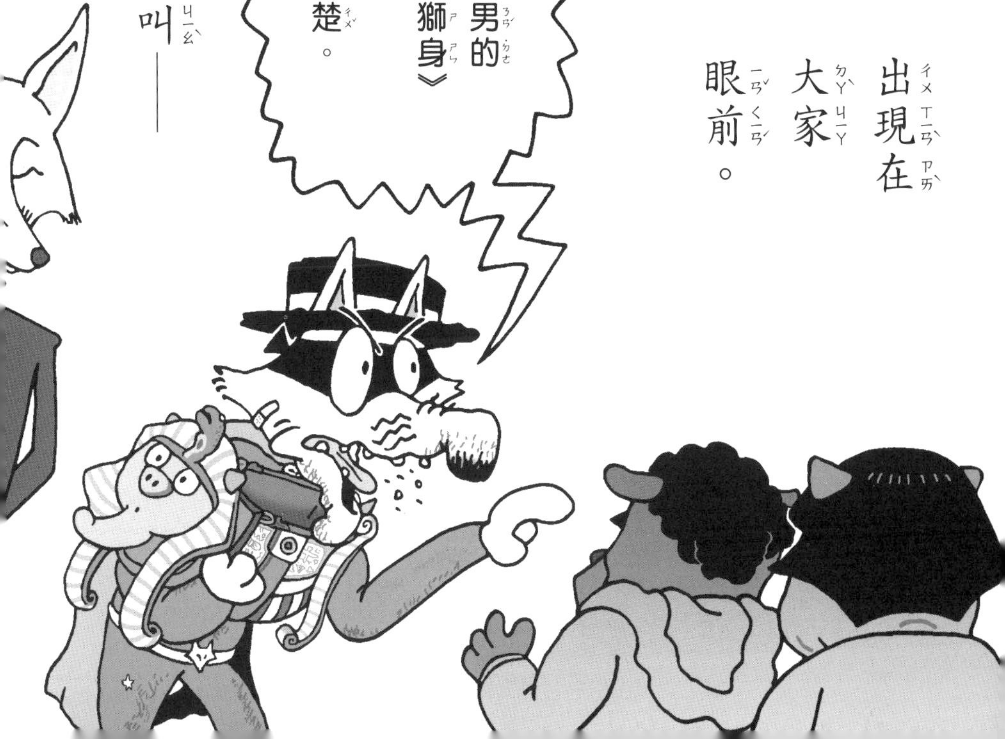
不對，不對，這個男的不可能帶著《豬面獅身》來歸還。這一點，本大爺非常非常清楚。

佐羅力拚了命的大叫——

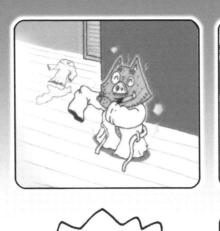

唉呀呀，你從剛剛
就一直替犯人說話，
你該不會是他的同黨吧？
佐羅力聽了
大吃一驚。
對我來說，《豬面獅身》能物歸原主，
順順利利的迎接明天的開幕日，那就足夠了。
至於犯人呢，晚一點我會交給動物警察。
如果你一定要說這個傢伙是無辜的，
那麼，就請你和他一起到警局，仔仔細細的
說明給警察聽。這樣好嗎？
佐羅力正被警方通緝，
他可不想因為這件事
自投羅網啊。

但是，這個傢伙
手上根本就沒有《豬面獅身》，
沒有的東西
要怎麼還呢？

佐羅力拚盡了全力，就是希望當場替伊豬豬平反。

這時，一位盯著螢幕看的報社記者說話了：

「等等，請大家看看那個畫面……」

那是準備要享用肉包和飯糰的伊豬豬，跑到冰箱前的畫面。
由於畫質不佳，從伊豬豬胸前凸出來的肉包，看起來就像《豬面獅身》。

由於監視器位於冰箱的後方——
無法拍攝到伊豬豬吃東西的模樣。

加上伊豬豬離開時，胸前已經沒有凸出物了，
看起來，簡直就像伊豬豬是跑來將《豬面獅身》，放到冰箱裡似的。

嗚～
嗚～

沒錯，就是這樣。
我們在冰箱裡找到《豬面獅身》後，
立刻就送往美術館。
現在，三大雕刻品正一起好好的
放置在美術館裡，好了，好了，
我們就明天在美術館再會囉。

哈巴先生想快快結束
這次的記者會。
心裡很著急的佐羅力，
環顧房間一圈後，
發現了不尋常的東西。

咦？

房間後方的一扇拉門，自背面以封箱膠帶貼著一張海報。
《豬面獅身》
終於尋獲了！
三大雕刻品完整展出
一件不缺。
珍藏雕刻展
近期將隆重開幕，
敬請務必光臨指教。
這是什麼？在《豬面獅身》還沒找到前，為什麼會印這樣的海報呢？
啪啪
啪啪
啪啪
伊豬豬弄破了拉門的障子紙，為了讓它看起來沒損壞，因此拿了海報貼在拉門上。
啊哈哈，那、那是我融入了強大念力祈求著「一定要找到《豬面獅身》」，製作而成的海報啊。結果一點也沒白費，實在太有幫助了。
儘管這個藉口很牽強，但既然哈巴先生都這麼說了，佐羅力也莫可奈何。

這會兒，佐羅力再也沒有其他證據或材料，好用來繼續為伊豬豬辯護。
而伊豬豬，打從佐羅力一進到這個房間，就一直用心電感應與眼神，示意他。
《豬面獅身》其實就放在壁龕那兒的盒子裡，偏偏佐羅力都沒接收到訊息。
跳－跳
跳－跳
跳－跳
伊豬豬沒辦法，只好使出最後的狠招。

伊豬豬
奮力的跳上沙發，
朝著壁龕——
噗砰／咻
發射了
一個超強臭屁。
當猛烈的臭屁
噴飛箱子，
讓它朝著壁龕處
的牆壁噴飛過去，
在快要撞上牆壁的
那一刻——
嗒啪咚
佐羅力
看到這個景象，
想起自己
來到這裡之前，
拚盡全力
守護《豬面獅身》
那種
強烈的
意念。

哈巴先生猛的一滑，滑向了箱子與牆壁間的空隙，伸出雙手環抱接住箱子。

那個盒子裡絕對裝著非常重要的東西。

佐羅力很堅定的這麼認為，並朝著哈巴先生懷抱的盒子步步逼進，啪喀！

打開了蓋子。

裡頭確確實實

裝著《豬面獅身》。

「這是《豬面獅身》

的真品！」

哈巴先生礙於自己

才說過《豬面獅身》

已送往美術館，

哪能承認這是真品！

那也是贗品啦，哈哈哈。
那麼，這樣的東西一點價值都沒有囉。
佐羅力將那件《豬面獅身》高高舉起，正準備用力摔到地上時——

「請、請原諒我。那正是貨真價實的《豬面獅身》啊。」哈巴先生邊哭邊請佐羅力手下留情。

「那麼，你得將事情的真相一五一十說出來。」

哈巴先生被佐羅力這麼一逼，不再隱瞞，開始話說從頭。

我的夢想是
收藏世界
三大雕刻品，
並且
舉辦盛大的展覽。
然而——
我太投入
這個夢想了，
等到驚覺
不對時，
已經散盡
所有家財了。
就算
舉辦展覽，
也完全拿不出錢
做廣告。
雕刻品展
入場人數
0位
如果
沒辦法做宣傳，
這麼棒的展覽，
就會在沒人來看
的狀況下
黯然結束——
世界
雕刻藝術品
展覽
我的努力
也完全
沒意義啦。
0元
所以，我動腦筋想，
難道沒有不花錢
也能達到宣傳效果
的方法嗎，
於是——

儘管我知道這樣很不好，卻還是假裝《豬面獅身》去向不明，並提供懸賞金。
當然，真品在我手上，所以絕對不需要付出這筆錢。
為了製造話題，於是大肆宣傳懸賞金高達一百億元，因此——
提供懸賞獎金 100億元整
尋獲雕刻《豬面獅身 可獲得 100億元
引起了各大媒體爭相報導，加上——
展覽前一天，如果《豬面獅身》被尋獲的話，就會再次造成話題，搞到全國民眾都知道這件事，我想——
每讀新聞
尋獲雕刻品《豬面獅身》！
這麼一來，展覽一定會獲得前所未有的成功。

「真的非常非常抱歉。
不過，我只是想讓大家都能
欣賞到傑出的雕刻品而已。」
哈巴先生一邊哭，一邊對大家鞠躬道歉。
藉由電視臺的轉播，
這情景傳送到全國各地，
也讓所有人都知道
伊豬豬是無辜的。
不過，

這也代表著，為了不存在的一百億元，拚老命將《豬面獅身》送來的佐羅力，一切的努力與夢想，全化為泡影了。

「算了，能讓伊豬豬免去牢獄之災，已經很不錯啦。」

「佐羅力大師——我得救了——」

正當兩人用力握住彼此的手時，哈巴先生走過來說：

「這次給兩位添麻煩了。

為了表達我的歉意，
請收下這點不成敬意的禮物。」
他將一個頗有厚度的信封
遞給佐羅力。
「喔，快看看，信封這麼厚耶。
我覺得裡面一定裝了十萬元吧。」
「咦？破產的人還送我們錢？」
「喂，伊豬豬，你在講什麼鬼話啊？」
生了氣的佐羅力繼續說：

「哈巴先生是住在這棟豪宅的有錢人耶，
就算手上沒有好幾億的廣告費可以花，
但是，會連這麼一點零頭都缺嗎？
你懂不懂啊？
這就叫有錢人。」

「那給我看裡面一下。」

笨蛋！當然不行

你竟然連這點禮貌都不懂，
怎麼可以在送禮的人
面前打開禮物呢。
比起打開禮物，我們還是先到

聚集了一大群新娘候選人的魯豬豬那兒吧。
馬上就要海選了。有了這些錢，本大爺就能和最漂亮的那位，享受還算豪華的晚餐約會。
你們也會拿到足以吃漢堡和義大利麵吃到撐的零用錢，
這樣本大爺約會時，就沒人打擾啦，
嘻嘻呵呵。
遵命——
採訪還沒結束，佐羅力和伊豬豬就從閃爍著閃光燈光芒的哈巴先生豪宅，往外跑出去。
啪嚓！
啪嚓！
啪嚓！

但那裡只剩魯豬豬一個人。
喂，魯豬豬，新娘們都跑哪去啦？
是這樣的～轉播車裡的電視放映出屋子裡的狀況，大夥兒圍過去一起看。當她們一知道所有的《豬面獅身》都是假的，就全部鳥獸散啦。
砰——咚
咦，一個、一個都不剩。
嗚

伊豬豬將剛剛從哈巴先生那兒拿到的信封打開一看，裡面只裝著一疊雕刻展的一百元折價券。

沒辦法，那就用這些錢來吃些好吃的，好恢復精神……唔！
咻咻咻—
喔~嗚 喔~嗚 喔~嗚
世界雕刻品展 100元門票折價券

一百元折價券？連入場券都不是耶……

這時，巡邏警車的警笛響起，而且朝他們愈來愈接近，佐羅力他們才沮喪一下下，就趕緊快步離開籠罩在夕陽餘暉中的托爾所町。

親愛的讀者們，大家一定想著「又來了」吧，我們的確要再次踏上旅途啦。由於會更辛苦一點，所以請大家持續守護我們，千萬拜託了。讓大家看到幸福婚禮的那一天，很快會到來的。
可以和佐羅力大師繼續旅行，好開心，這樣也能繼續和各位親愛的讀者見面囉。
雖然是祕密，但如果大家認識好女孩，希望能介紹給我們喔。
大家好，我是佐羅力的媽媽。雖然我已經變成幽靈了，卻還是一直守護著我家佐羅力。
我家佐羅力儘管常常很遜，卻總是很努力跨越失敗與困難，我覺得這一點很酷。接下來，請和我一起繼續為他加油。麻煩大家多多關照囉！

唉，這次因為拚了命保護《豬面獅身》，搞得全身都是擦傷和割傷，真的好慘。要是能以本大爺平常的瀟灑姿態登場的話，不為金錢，卻迷戀於我的新娘候選人，至少應該會有十個留下來。不過，與其說這是本大爺的不幸，倒不如說是白白錯失與本大爺相遇的女孩們，這一生當中最大的損失吧。嘻嘻呵呵！
啊，正面又積極的佐羅力大師復活啦。
接下來，我要繼續加油，好好幫助佐羅力大師。
這表示，接下來我要繼續記錄佐羅力的冒險啦。而我也想在這本書之後休息一下，並努力轉換心念。敬請各位喜歡我的讀者們往後繼續陪伴和支持在下本人我。
發一下牢騷。
我的腰也好痛哪。
●也就是藉此來換個心境的意思。

‧47集創作完成啦，作者原裕正大口享用著鐵路便當「幸福寶盒」作為慰勞。

‧作者簡介

原裕 Yutaka Hara

一九五三年出生於日本熊本縣，一九七四年獲得KFS創作比賽「講談社兒童圖書獎」，主要作品有《小小的森林》、《手套火箭的宇宙探險》、《寶貝木屐》、《小噗出門買東西》、《我也能變得和爸爸一樣嗎？》、【輕飄飄的巧克力島】系列、【膽小的鬼怪】系列、【菠菜人】系列、【怪傑佐羅力】系列、【鬼怪尤太】系列、【魔法的禮物】系列等。

‧譯者簡介

周姚萍

兒童文學創作者、譯者。著有《我的名字叫希望》、《山城之夏》、《妖精老屋》、《魔法豬鼻子》等作品。譯有《大頭妹》、《四個第一次》、《班上養了一頭牛》、《那記憶中如神話般的時光》等書籍。曾獲「文化部金鼎獎優良圖書推薦獎」、「聯合報讀書人最佳童書獎」、「幼獅青少年文學獎」、「國立編譯館優良漫畫編寫」、「九歌年度童話獎」、「好書大家讀年度好書」、「小綠芽獎」等獎項。

國家圖書館出版品預行編目資料

怪傑佐羅力之美嬌娘與佐羅力城
原裕 文、圖; 周姚萍 譯 --
第一版. -- 台北市 : 親子天下, 2018.2
104 面 ;14.9x21公分. --（怪傑佐羅力系列; 47）
譯自 : かいけつゾロリ　はなよめとゾロリじょう
ISBN　978-957-9095-10-5（精裝）
861.59　　106021902

怪傑佐羅力系列 47

怪傑佐羅力之美嬌娘與佐羅力城

作者｜原裕（Yutaka Hara）
譯者｜周姚萍
責任編輯｜陳毓書
特約編輯｜陳韻如
美術設計｜蕭雅慧
行銷企劃｜高嘉吟
發行人｜殷允芃
創辦人兼執行長｜何琦瑜
副總經理｜林彥傑
總監｜黃雅妮
版權專員｜何晨瑋、黃微真
出版者｜親子天下股份有限公司
地址｜台北市 104 建國北路一段 96 號 4 樓
電話｜（02）2509-2800
傳真｜（02）2509-2462
網址｜www.parenting.com.tw
讀者服務專線｜（02）2662-0332
週一～週五：09:00~17:30
讀者服務傳真｜（02）2662-6048
客服信箱｜bill@cw.com.tw
法律顧問｜台英國際商務法律事務所・羅明通律師
製版印刷廠｜中原造像股份有限公司
總經銷｜大和圖書有限公司
電話｜（02）8990-2588
出版日期｜2018 年 2 月第一版第一次印行
2020 年 12 月第一版第十二次印行
定價｜300 元
書號｜BKKCH015P
ISBN｜978-957-9095-10-5（精裝）
訂購服務
親子天下 Shopping｜shopping.parenting.com.tw
海外・大量訂購｜parenting@cw.com.tw
書香花園｜台北市建國北路二段 6 巷 11 號
電話｜（02）2506-1635
劃撥帳號｜50331356 親子天下股份有限公司

喂，老闆！你竟然給我們假的《豬面獅身》，大家全丟臉丟到家了！快把錢還給我們！
唉呀呀呀，原來群聚在哈巴先生豪宅的那四位先生，都和佐羅力一樣在這間店買到《豬面獅身》呢。
你、你們在說什麼呀？又不是我硬要賣給你們的。

那是什麼？你的店裡堆得像山那麼高的，不都是假的《豬面獅身》嗎？你打算繼續欺騙顧客賣出去吧？
不是這樣的，那些都是《豬面獅身》的複製品啦，
哈巴先生為了要在雕刻展的商店裡販售，所以向我下訂單訂製的。
複製品
•完全依照真品模樣去製作。